愛咪與愛米麗

國家圖書館出版品預行編目資料

愛咪與愛米麗／王明心文; 楊淑雅圖.－－初版一刷.
－－臺北市; 三民, 民91
面; 公分－－(兒童文學叢書.童話小天地)

ISBN 957-14-3581-3 (精裝)

859.6   91000639

ⓒ 愛咪與愛米麗

著作人　王明心
繪圖者　楊淑雅
發行人　劉振強
著作財
產權人　三民書局股份有限公司
　　　　臺北市復興北路三八六號
發行所　三民書局股份有限公司
　　　　地址／臺北市復興北路三八六號
　　　　電話／二五〇〇六六〇〇
　　　　郵撥／〇〇〇九九九八——五號
印刷所　三民書局股份有限公司
門市部　復北店／臺北市復興北路三八六號
　　　　重南店／臺北市重慶南路一段六十一號
初版一刷　中華民國九十一年二月
編　號　S 85597
定　價　新臺幣肆佰元整
行政院新聞局登記證局版臺業字第〇二〇〇號

ISBN　957-14-3581-3　(精裝)

網路書店位址: http://www.sanmin.com.tw

滿天星斗
（主編的話）

不知道你有沒有聽過這個故事？

從前從前夜晚的天空，是完全沒有星星的，只有月亮孤獨地用盡力氣在發光，可是因為月亮太孤獨、太寂寞了，所以發出來的光也就非常微弱暗淡。那時有一個人，擁有所有的星星。她不是高高在上的國王，也不是富甲天下的大富翁，她是一個名叫小絲的女孩。小絲的媽媽總是在小絲入睡前，念故事給她聽，然後，關掉房間的燈，於是小絲房間的天花板，就出現了滿是閃閃發亮的星星。小絲每晚都在星光中走入甜美的夢鄉。

有一天，小絲在學校裡聽到同學們的談話。

「我晚上都睡不著覺，因為我房間好暗，我怕黑。」一個小男孩說。

「我也是，我房間黑得像密不透氣的櫃子，為什麼月亮姐姐不給我們多一些光亮？」另一個小女孩說。

那天晚上，小絲上床後，當媽媽又把電燈關熄，房中的天花板上又滿是星光閃爍時，小絲睡不著了，她想到好多好多小朋友躺在床上，因為怕黑而睡不著覺，她心裡好難過。她從床上爬起來，走到窗前，打開窗子，對著月亮說：「月亮姐姐啊，您為什麼不多給我們一些光亮呢？」

「我已經花好大的力氣，想要把整個天空照亮，可是我只有一個人啊！整個晚上要在這兒，我覺得很寂寞，也很害怕。」月亮回答。

「啊！真對不起。」小絲很抱歉，錯怪了月亮。可是她心裡也好驚訝，像月亮姐姐那麼美，那麼大，又高高在上，也會怕黑、怕寂寞！

小絲想了一會兒，對著月亮說：「月亮姐姐，您要不要我的星星陪伴您呢？星星會不會使天空明亮一些？」

「當然會啊！而且也會使我快樂一些，我太寂寞了。」月亮高興的回答。

小絲走回房間，抬頭對著天花板上，天天陪著她走入甜美夢鄉的星星們說：「你們應該去幫

I

忙月亮，我雖然會很想念你們，但是每天晚上，當我看著窗外，也會看到你們在天空閃閃發亮。」小絲對著星星們，含淚依依不捨的說：「去吧！去幫月亮把天空照亮，讓更多小朋友都看到你們。」

從此，天空有了星光。月亮也因為有了滿天的星斗相伴，而不再寂寞害怕。

每當我重複述說著這個故事時，不論是大人或小孩心中都會洋溢著溫馨，也都同樣地盪漾著會心的微笑。

童話的迷人，正是在那可以幻想也可以真實的無限空間，從閱讀中也為心靈加上了翅膀，可以海闊天空遨遊。這也是我始終對童話故事不能忘情，還找有志一同的文友們為小朋友編寫童話之因。

這一套童話的作者不僅對兒童文學學有專精，更關心下一代的教育，出版與寫作的共同理想都是為了孩子，希望能讓孩子們在愉快中學習，在自由自在中發展出內在的潛力。

想知道小黑兔到底變白了沒有？小虎鯨月牙兒可曾聽見大海的呼喚？森林小屋裡是不是真的住著大野狼阿公？在「灰姑娘」鞋店裡買得到玻璃鞋嗎？無賴小白鼠又怎麼會變成王子？細胞裡的歷險有多刺激？土撥鼠阿土找到他的春天了嗎？還有流浪貓愛咪和小女孩愛米麗之間發生了什麼事？……啊！太多精采有趣的情節了，在這八本書中，我一讀再讀，好像也與作者一起進入了他們所創造的故事世界，快樂無比。

感謝三民書局以及與我有共同理想的作家朋友們，他們把心中的美好創意呈現給大家。而最重要的是，如果沒有可愛的讀者，一再的用閱讀支持，《兒童文學叢書》不可能一套套的出版。

美國第一夫人羅拉‧布希女士，在她上任的第一天，就專程拜訪小學老師，感謝他們對孩子的奉獻。曾經當過小學老師與圖書館員的她，很感謝小學老師的啟蒙，和父母的鼓勵。她提醒社會大眾，讀書是一生的受惠。她用自己從小喜愛閱讀的經驗，來肯定童年閱讀的重要收穫。

我因此想起了一個從小培養兒童文學的社會，有如那閃爍著星光，群星照耀的黑夜，不僅呈現出月亮的光華，也照耀著人生的長河。讓我們一起祈望，不論何時何地，當我們仰望夜空，永遠有滿天星斗，而不是只有孤獨的月光。

祝福大家隨著童話的翅膀，海闊天空任遨遊。

作者的話

　　愛人與被愛，你喜歡哪一樣？

　　小嬰孩最惹人喜愛。整天被抱著、親著、逗著，注意力全在他身上。除了吃喝拉睡，什麼事也不必做。吃足睡飽咧嘴笑一下，周圍的人便好開心；不高興時嘴一癟「哇——」，大家便兵慌馬亂，奶瓶尿布趕緊侍候。

　　這個小嬰孩漸漸長大。會走路了，會出門和鄰家孩子玩；上學了，參加校內校外的活動了。生活圈子越來越大，接觸的人越來越多。他依然被周圍的人愛著，但如果心態上不能脫離嬰孩時期的自我中心，仍認為大家都該依他、讓他、聽他的，就成了一個任性霸道的小孩。再大一點，是叛逆乖張的青少年；更大一些，是唯我獨尊的成人；有了孩子後，成了自私蠻橫的父母。

　　這個孩子從小在愛中成長，問題出在哪裡？

　　被愛容易，愛人卻需要學習。

　　愛米麗是個被寵壞的獨生女，要什麼有什麼，爸媽對她百依百順，佣人更是唯唯諾諾。對別人的付出，不但沒有感恩的心，還動輒發脾氣。所幸愛咪出現了。原本只是一隻街上的流浪貓，因緣際會成了愛米麗家的寵物貓。從沒被愛過的愛咪開始享受被愛的滋味；一直以自己為中心的愛米麗開始學習去愛別人。

　　原來當初上帝造人時，就同時給了人愛與被愛的能力。只是因為嬰孩時的完全無能，一開始需要別人的愛和照顧才能存續生命，人便

習慣了被愛。愛人的能力必須發掘和培養。只有被愛，沒有機會去愛、去付出，生命失去平衡，也失去那一股使人生更加豐富的力量。

　　愛米麗對愛咪一開始是新鮮感。相處久了，也真的有了感情。可是真愛不僅僅是新鮮感，或日久生情，或習慣使然。愛包含了包容、自制、為別人著想、甘心付出、而且願意改變自己。這時，生命才得到真正的成長。

　　愛咪和愛米麗希望能永遠在一起。我也祝福所有的讀者，大人或小孩，能被愛，也能愛人，人生更幸福、更美滿。

兒童文學叢書
・童話小天地・

愛咪與愛米麗

王明心・文

楊淑雅・圖

三民書局

陳議員一家原來住在城裡，陳夫人生了一場大病之後，為了養好身體，全家便搬來幾年前蓋在鄉下老家旁的別墅。陳議員夫婦只有一個女兒，本來在城裡上雙語學校，取了個英文名字「愛米麗」，大家就這樣叫她。

　　陳議員夫婦非常寵愛女兒，愛米麗要什麼有什麼，如果想要的東西一時拿不到，就氣得跳腳大叫。大家對她百依百順，日子久了，便養成了她的壞脾氣。

3

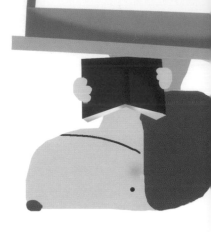

搬來鄉下之後，愛米麗的脾氣變得更壞。
這個地方沒有遊樂場，沒有玩具店，沒有
麥當勞，無聊！無聊！無聊！學校的小朋友
也討厭，衣服土裡土氣，講話粗腔粗調。

4

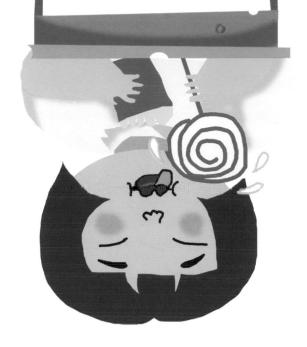

　　愛米麗依照以前的習慣，一到學校先用英語
向同學道早安：「Good morning！」大家只會吃吃的
傻笑，像一群笨蛋！

　　學校不好玩，放學後又沒處去，愛米麗
回到家看什麼都不順眼，動不動就發脾氣，
搞得家裡的人提心弔膽。

這一天，愛米麗一從學校回來就吵鬧不休。
班上王小梅的叔叔要出國，
把他養的波斯貓送給王小梅。
今天王小梅把波斯貓的照片拿到學校，
同學們搶著看，大家都好羨慕。
有人問愛米麗家裡有沒有養寵物，
愛米麗覺得如果說沒有，就太遜了。
大家都知道她是來自城裡的，
是陳議員的女兒，
平時老覺得別人好土、好落伍，
怎麼可以趕不上時髦，沒養寵物呢！
愛米麗頭抬得高高的說：
「那還用說？當然有。」
在回家的路上，愛米麗越想越不對。
要是明天同學要她帶寵物的照片，
或甚至要來家裡瞧瞧，怎麼辦？
這些土包子沒見過世面，什麼都稀奇，
搞不好真的想來開開眼界呢。
愛米麗越想越焦急，
她可不能讓同學知道她只是在吹牛啊！

一踏進家門，愛米麗就向爸爸大吵著要一隻貓咪。陳議員滿頭霧水，搞不清楚女兒怎麼會突然要一隻貓。為了安撫她，陳議員說下禮拜去城裡辦事時，一定為她帶一隻回來。愛米麗不依，一個禮拜太久了，不行，現在就要！

愛米麗哭著鬧著，晚飯也不肯吃。陳議員好說歹說都不行，只好答應她：「現在晚了，明天去買，好不好？」

到哪裡去弄一隻貓咪呢？這裡是鄉下，可沒有寵物店。明天有許多事要辦，也不可能真的去城裡，真是太麻煩了。

陳議員夫婦商量一會兒後，把趙司機叫到大門外，低聲吩咐：「明天你和黃媽到街上抓一隻貓來，選最漂亮的一隻，洗刷乾淨，打扮打扮，就當作是從寵物店買來的。」

「街上的野貓？」趙司機很不安，「看起來不會跟波斯貓差太多了嗎？」

「唉，就跟她說是韓國貓。小孩子不懂，先應付過這次再說。」陳議員說。

「對對對，就叫韓國貓。」陳夫人附和，「就跟她說是和韓國高麗蔘一樣珍貴的韓國貓。」

9

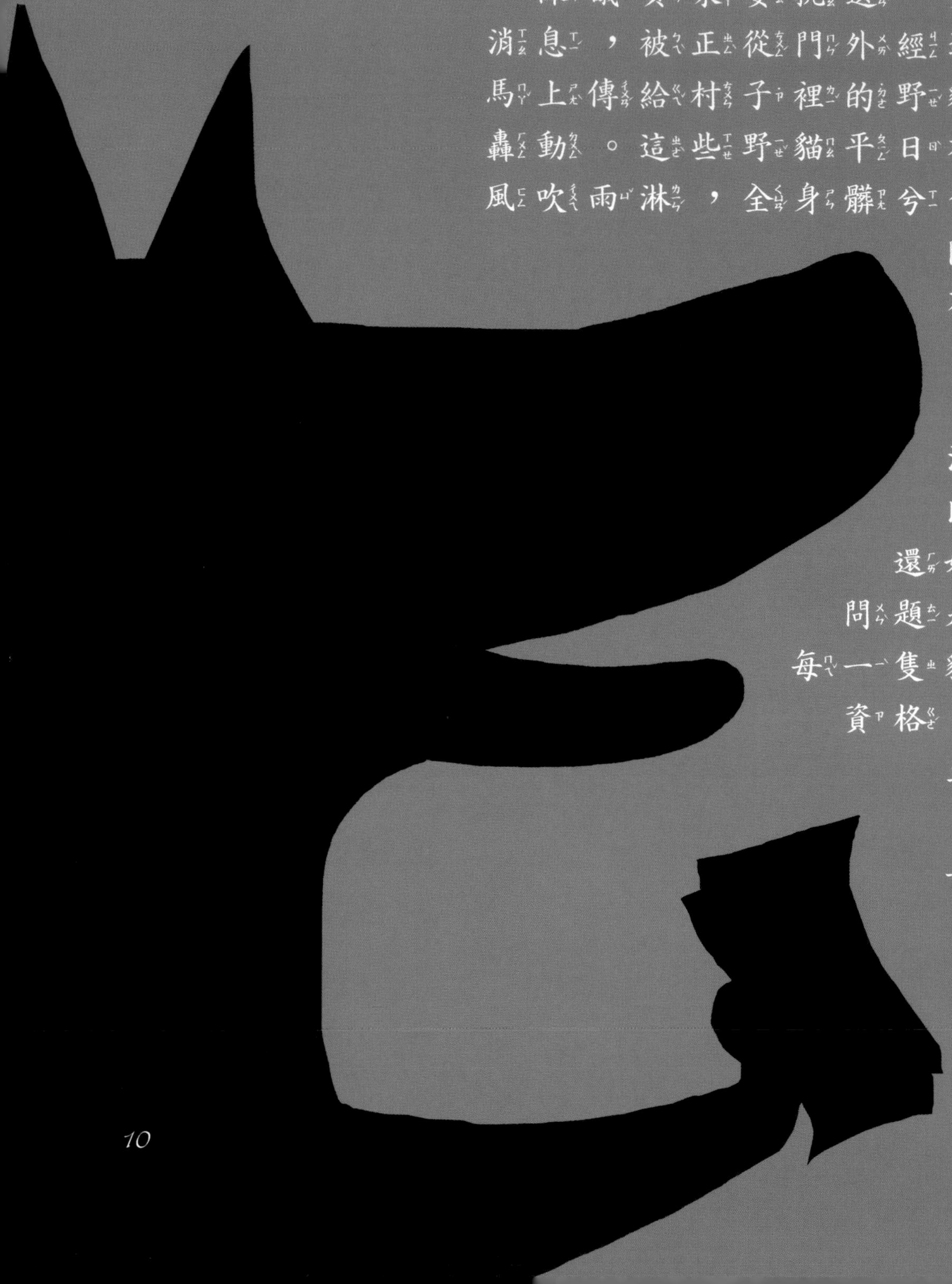

陳議員家要挑選一隻流浪貓當寵物的消息，被正從門外經過的狗仔隊聽到，馬上傳給村子裡的野貓幫，立刻造成轟動。這些野貓平日有一餐沒一餐，風吹雨淋，全身髒兮兮。如果能成為陳議員家的寵物，不但吃喝玩樂樣樣不愁，還每天被別人伺候得乾乾淨淨、漂漂亮亮，比「麻雀變鳳凰」還好。

問題是誰應該當選呢？

每一隻貓都認為自己最有資格，誰也不服誰。

正當大家吵成一團，貓老大站出來，一聲怒吼：

「不要吵了，半夜十二點全部到村子南邊公墓集合！」

10

阿 絨

Milka

愛 咪

斜 眼

貓老大刀疤

白 雪

阿 羞

憂 憂

阿拉伯公主

影 子

怪 怪

修 女

頑 皮

卡 通

酷 哥

平時靜悄悄的南邊公墓，這天晚上不但擠滿了貓，而且音量簡直「吵死人」。

貓老大站上最大一座墓丘，很威嚴的看著大家，直等到大家都安靜了才開口：「明天，我們中間將有一位會成為陳議員家的寵物。在那之前，大家都是這個野貓幫的一分子，規矩要守，道義要有。我們要用公平的方式選出最有資格的一位。被選中的，明天將被單獨推到街上，其他貓不准出現。沒有被選上的，要服氣！不要出來搗蛋。現在，各位認為該用什麼方式來選拔？」

貓老大一講完，臺下馬上一片轟隆隆。有的認為應該選最有力氣的；有的認為應該選最美麗的；有的認為應該選血統最好的；有的認為應該選智商最高的。最後以選最有力氣的得最多票。

全於怎麼決定誰最有力氣呢？這些野貓平日在惡劣的環境下求生存，個個好勇鬥狠，一致通過用打架的方式來決定。

為了一決勝負，每隻野貓都使出全身的力氣，撕、咬、抓、掐，野性大發，六親不認，非要致對方於死地不可。

全部的野貓都加入戰場，除了愛咪。

「我力氣不大，長得也不美麗；沒有高貴的血統，也沒有聰明的腦筋，何必去跟別人爭呢？」愛咪自己思量著，「好好的作我自己，會比較快樂吧。」於是愛咪在開會後、打鬥前，就離開了公墓。

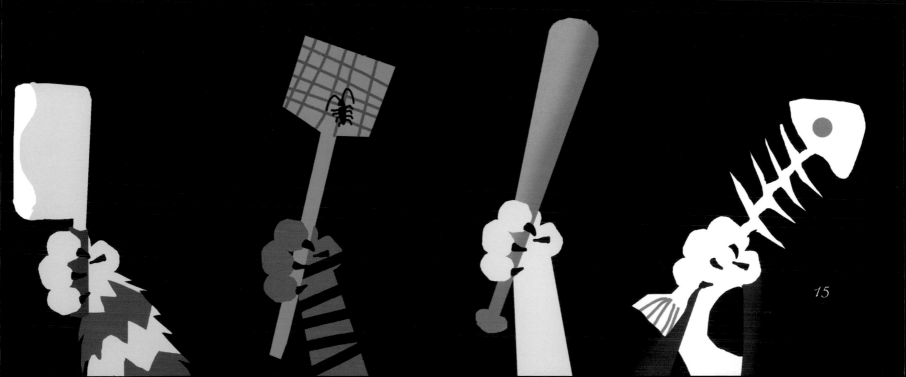

15

16

野貓幫的格鬥一直
到清晨才停止。
到底誰是最後的冠軍？

誰・也・不・是！

到了清晨，已經
分不出誰輸誰贏，
因為每一隻都受了
重傷，一跛一跛的
拖著身體回村子。

本來開會時，大家決議
要以雙淘汰的方式進行，
怎知一打下去便亂成一團。
打贏的貓一看到還有站得
好好的貓，就一拳過去。

19

送愛米麗到學校後，趙司機和黃媽就到街上物色小姐的寵物。一看過去，都是爛皮的、掉毛的、跛腳的、破嘴的。最後好不容易看到沒什麼毛病的愛咪，就把她抱回家。

「這一隻最漂亮？」陳議員看著愛咪，不大相信。

「是啊，不但是最漂亮的，也是最健康的。」黃媽一口保證，「別的貓不知道得了什麼癩病，全身爛爛的，可不要給小姐帶來什麼細菌。就這一隻貓完完整整，健健康康。」

「到這個關頭，也不能要求什麼了。」陳夫人吩咐黃媽：「把她帶去洗一洗，梳一梳，噴一些香水，綁一條緞帶，給愛米麗一個好印象。」

20

愛米麗回到家，
一看到愛咪就大叫：
「這麼醜！
跟王小梅的波斯貓差這麼多！」
「這是妳小孩子不識貨。
這是韓國貓，
比韓國高麗蔘還要貴的韓國貓。」
陳議員內心期盼這一招管用。
「可是眼睛這麼小，
好像沒睡飽。」
愛米麗還是不滿意。
「哎呀，這就是韓國貓的特色嘛。」
陳夫人連忙解釋，
「如果每一隻貓的眼睛都一個樣子，
那有什麼稀奇。」

就這樣，愛咪成為愛米麗的寵物。
愛咪這個名字就是愛米麗取的。
愛米麗一直希望有兄弟姐妹，可是
陳夫人身體不好，只生了愛米麗。
現在有了愛咪，她說這是她妹妹，
她是愛米麗，妹妹是愛咪。

愛咪在陳議員家裡，受到細心的
照顧和呵護，五官越來越清秀，
身體越來越圓潤，一身毛髮光澤亮麗。
和愛米麗出去散步時，野貓幫的野貓
都認不出來。

23

愛咪的改變大，愛米麗的改變更大。

以前愛米麗天天喊著生活無聊，現在一回家就忙著找愛咪玩。以前總是抱怨房子大，房間多，一個家空蕩蕩的，想發脾氣都要找半天才能找到一個對象。現在房子大，玩「躲貓貓」正好，每次都可以變換地方躲著。

愛咪身子小，什麼地方都能躲。若是愛米麗找不到愛咪，愛咪就輕輕柔柔的：「喵——喵——」叫喚著，讓愛米麗隨著聲音尋找。

換成是愛米麗躲藏時，愛米麗可不輕易發出聲音，因為她最大的樂趣就是偷看愛咪找不到她時，一下子抹眼睛，一下子搔耳朵，十分苦惱的模樣。愛米麗躲在暗處，看得都要笑出來了。

貓是很愛乾淨的動物。愛咪不但不時梳整、潔淨自己的毛髮，也連帶管起愛米麗的儀容整潔。每天早上愛米麗起床後，愛咪就一路跟著，確定愛米麗把那一頭睡了一夜後，亂七八糟的頭髮梳了。有時愛米麗匆匆拿起書包要走，愛咪一定喵喵叫個不停，直到愛米麗投降：「好啦，好啦，我梳就是。」

不但如此，現在愛米麗也不敢像以前那樣，有時晚上不洗澡就躺下睡覺了，原因是如果她不洗澡，愛咪就會取消晚安時間。

什麼是晚安時間？平時晚上愛米麗關燈上床後，愛咪總會一躍而上，親暱的在愛米麗的身上磨來磨去，舔舔愛米麗的臉蛋和腳趾頭，把愛米麗逗得整個人躲進被窩，不敢出來。親熱完後，愛米麗和愛咪才舒舒服服、甜甜蜜蜜的抱著自己的毯子入睡。

可是如果愛米麗偷懶不洗澡就睡覺的話，對不起，愛咪小姐一點也不喜歡和臭臭的小孩親熱，寧可自己踡在沙發上睡覺。

愛米麗有了幾次經驗之後，覺得為了偷一下懶不洗澡，卻失去和愛咪的睡前甜蜜時光，損失太大了。現在不必黃媽催趕，自己早早就去洗澡。媽媽笑著跟爸爸說：「養一隻貓比請一位保姆還有用呢！」

以前愛米麗非常偏食，常常對著一桌豐盛的菜餚挑三揀四，一頓飯吃不到幾口。為了準備既讓愛米麗喜歡，又營養均衡的飲食，媽媽和黃媽真是傷透了腦筋。

愛咪就不一樣了，無論別人給她什麼，她都吃得津津有味。想想看，以前能從垃圾堆、餿水桶裡找到一些發臭、發爛、可以塞進肚子的東西都要偷笑了，下一餐還不知道在哪裡呢！現在平白有這些好吃的，能不珍惜嗎？所以愛咪每一餐都吃得好滿足，而且必定細嚼慢嚥，捨不得好東西一下子全吃完。最後，還仔細的把盤子舔得乾乾淨淨。

愛米麗起先看愛咪吃飯的樣子，覺得好奇怪，真的有那麼好吃嗎？她開始嘗嘗桌上其他的菜餚，也學愛咪細嚼慢嚥的吃東西。起先是好玩，愛米麗一邊吃就一邊宣稱：「我在吃貓食。」漸漸她發現，咦，以前一些絕對不碰的菜色，其實嘗起來也不賴嘛。於是愛米麗能接受的食物越來越多，媽媽和黃媽都鬆了一口氣。

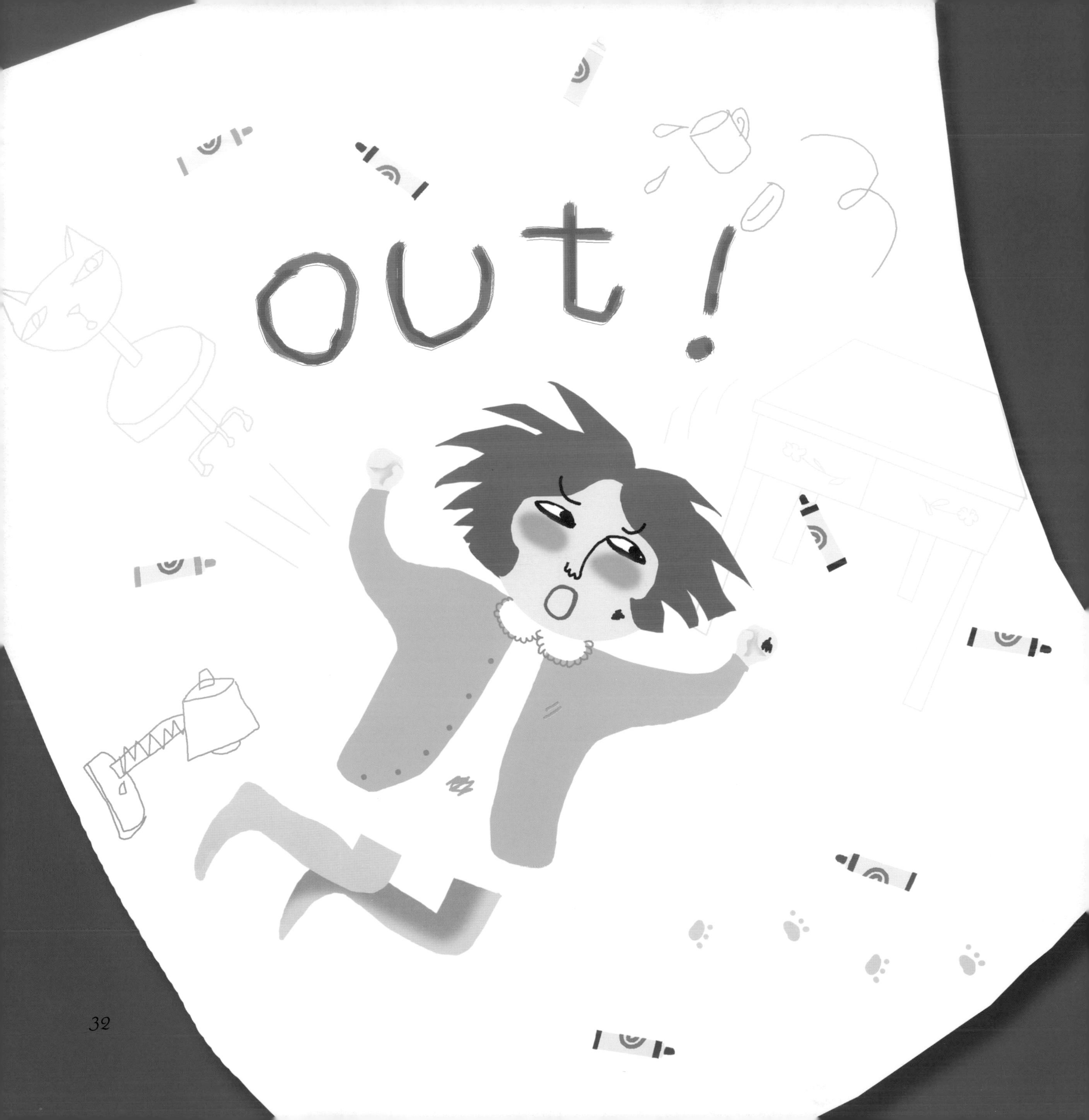
OUt!

愛米麗以前是個壞脾氣的小孩，現在也還是。有一天，愛米麗寫功課寫到一半，突然怒吼一聲，把桌上的圖畫紙和彩色筆猛力推開，散落一地。橄欖色的彩色筆在哪裡？沒有橄欖色的筆，怎麼畫第三階段的植物生長情況？一定是被愛咪咬去玩了。

「愛咪 —— 愛咪 —— 妳在哪裡？妳給我過來 ——」

愛咪走進來，愛米麗馬上指著她的鼻子破口大罵，愛咪覺得好莫名其妙。彩色筆不見了，怎麼可以問也不問，就一口咬定人家是小偷？愛咪用眼角看了愛米麗一眼，決定不理她，就往外走去。

愛米麗心中的怒火一下子派到了最高點，這是什麼意思？拿了人家的彩色筆，不但沒有歉意，還一付好跩的樣子，豈有此理。愛米麗衝出房間，看到愛咪已經走到樓梯口，氣得對愛咪的背影咬牙切齒大叫：「妳走，妳出去，有什麼了不起，我才不要妳這隻臭貓。」

愛咪聽了也很生氣。要她走？那就走嘛，為什麼要在這裡受這種氣？大不了回去當野貓。於是愛咪頭也不回的走了。

愛咪重返江湖的消息，
一下子就傳遍了野貓幫。
沒有一隻野貓同情愛咪。
事實上，自從愛咪「入宮」之後，
大家對她就一直既不滿又不屑。
當初大家說好要以比力氣大的方式來選拔，
為什麼只有她臨陣脫逃？
而且最後還利用大家打架後一身髒亂，
輕輕鬆鬆的達到目的，怎不教人生氣？
現在可好了，被趕出來了吧，活該！
大家圍聚過來，對愛咪冷嘲熱諷。
有的貓酸溜溜的用力抓著愛咪乾淨柔亮的毛髮，
等抓了一地的毛之後，再故意大驚小叫：
「唉呀，你們看，這毛可寶貝了，
畢竟是大戶人家的愛貓，經不起摸的。」
有一些強壯的貓，
扯著愛咪脖子上的鍊子和金色名牌，
惡作劇的大笑：「這寫什麼？還洋文呢。
我看得懂，是矮米對不對？
來，矮米，矮米，來坐免費的雲霄飛車。」
把愛咪扯得團團轉，兩眼昏花。
愛咪咬著牙告訴自己：
「過一陣子就好了，就沒事了。」

37

情況並沒有愛咪想得那麼樂觀。
當初愛咪走出家門時，
早就知道自己要回去過掏垃圾、
吃餿水的日子，可是怎麼也沒想到，
現在居然連垃圾和餿水都吃不到！

愛咪想念愛米麗嗎？
非常非常想念。
想念被愛米麗細細梳著毛髮的時刻；
想念愛米麗向黃媽嘮叨給愛咪的
食物太油膩的情景；
想念身體不舒服時，
愛米麗心焦的模樣；
想念愛米麗叫她時：
「愛咪 —— 愛咪咪 ——
愛咪咪咪咪 ——」的聲音。
想念那種被愛、被照顧的感覺。

愛米麗想念愛咪嗎？非常非常想念。
想念和愛咪一起享受「貓食」的日子；
想念躲貓貓的歡樂；想念被愛咪催著
梳頭的早晨；想念和愛咪甜蜜的晚安時間。
最要緊的是，愛咪是她的妹妹呀，沒有了
妹妹，她要照顧誰呢？

愛咪出走後，愛米麗就後悔了，尤其
又在抽屜找到橄欖色彩色筆後，心裡
更是難過。她曾和黃媽及趙司機在村裡的
街坊巷里走了無數次，卻完全看不到
愛咪的蹤影。

44

陳議員夫婦看著女兒失落的樣子，
好不忍心，幾次向愛米麗建議再去買一隻
貓咪吧，別的貓咪也好可愛、好溫柔，
愛米麗都不肯。再怎麼可愛、怎麼溫柔，
也不是愛咪，不一樣的。

45

其實愛咪也幾次走到家門口，想再與
愛米麗重聚，總是沒有勇氣，又黯然
走開。

當初自己揚著頭離開，對這個家一點也
不留戀。現在搞得這麼髒、這麼瘦，
有什麼臉回去見愛米麗呢？何況，愛米麗
說不定早有新歡了哩。

過去那些美好的時光，似乎永遠也
回不去了。

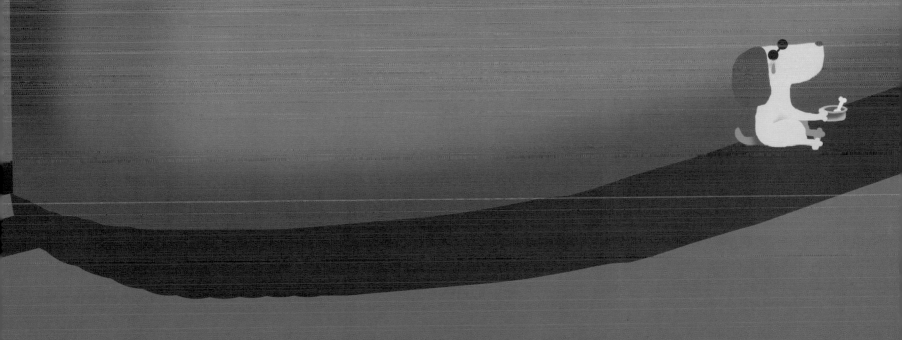

47

這一天，愛米麗又出來找愛咪。
這一次，她不在村子裡找了，因為
班上林永吉說野貓不一定會待在
村子裡，有時候牠們聚集在村子
南邊的公墓附近。黃媽和趙司機
陪愛米麗到南邊公墓，果然
看到有許多野貓在那裡漫遊。

愛咪一眼就看到他們，
一顆心蹦蹦跳得都快要掉出來。
他們是來找我的嗎？這麼久了，
愛米麗還會要找我？
等一下她看到我的模樣，
會不會嚇得尖叫，掉頭跑走？

49

愛咪越想越往後退，忽然，身後一聲大喝：
「喂，妳沒長眼睛啊？公墓這麼大，妳擠我
幹什麼？可不可以讓我睡個好覺？」

肥貓阿嘟這麼一大吼，黃媽、趙司機、
愛米麗不由得同時回頭看。愛咪也
嚇了一跳，一騰身跳開。

50

就在跳躍的
一剎那，
愛咪頸子上的
名牌在陽光下
閃閃發亮。
名牌？是愛咪嗎？

「黃媽，趙叔，快，那是愛咪！」

黃媽連忙跑去抱起愛咪，愛米麗
一手接過瘦巴巴的愛咪，眼睛馬上
紅了起來:「哦，愛咪，可憐的愛咪咪，
對不起，讓妳吃苦受罪了。我不會再
無理取鬧、亂發脾氣了，妳能原諒我嗎？
我們再也不要分開了，好不好？」

愛咪呆呆的站在那裡，呆呆的被人抱起，
呆呆的坐進車裡。曾經反反覆覆想過重逢時，
要和愛米麗說的話，現在真的見面了，
愛咪卻什麼也說不出來。

54

「何必說呢？」
愛咪心裡完全明白，
「愛咪和愛米麗，
永遠在一起，那才重要呢！」

寫書的人 王明心

靜宜文理學院外文系英國文學組畢業，美國俄亥俄州立大學兒童
教育碩士。曾任北卡書友會會長，現於美國任小學教師。著有《尋夢的苦
兒——狄更斯的黑暗與光明》、《小小知更鳥——艾爾寇特與小婦人》、《哈雷彗星
來了——馬克·吐溫傳奇》，並與石麗東合著《愛跳舞的女文豪——珍·奧斯汀的魅力》。
曾獲阿勃勒獎、行政院新聞局第五屆人文類小太陽獎及文建會「好書大家讀」活動推薦獎。

在學校，喜歡和孩子玩「我是超級大天才遊戲」，鼓勵孩子表達自己的想法，沒有標準答案，
每個人所想的都寶貴。回到家，喜歡和自己的孩子玩「接故事遊戲」，你一句，我一句，把故事編
得天花亂墜，不可收拾。常常覺得很感恩，能整天活在童稚良善的世界裡。

畫畫的人 楊淑雅

1998年畢業於美國紐約 Parsons 設計學院插畫系，曾任兒童雜誌美編，現為自由塗鴉女。
在一個爸、一個媽和 13 隻貓的家庭成員中長大，喜歡塗鴉，想要塗鴉，終於可以全心塗
鴉。

這本書的完成，淑雅最感謝她的小白貓 Gigi。Gigi 不但一直陪伴著她，更是
最佳的模特兒。頭一次的愛，頭一次的作品，獻給女孩 Emily 和貓咪 Amy 之間
的珍貴情誼。

兒童文學叢書

童話小天地

榮獲新聞局第五屆圖畫故事類「小太陽獎」暨
第十八次中小學生優良課外讀物推介
文建會2000年「好書大家讀」活動推薦

童話的迷人，

正是在那可以幻想也可以真實的無限空間，

從閱讀中也為心靈加上了翅膀，可以海闊天空遨遊。

這一套童話的作者不僅對兒童文學學有專精，

更關心下一代的教育，

出版與寫作的共同理想都是為了孩子，

希望能讓孩子們在愉快中學習，

在自由自在中發展出內在的潛力。

——simon（名作家暨「兒童文學叢書」主編）

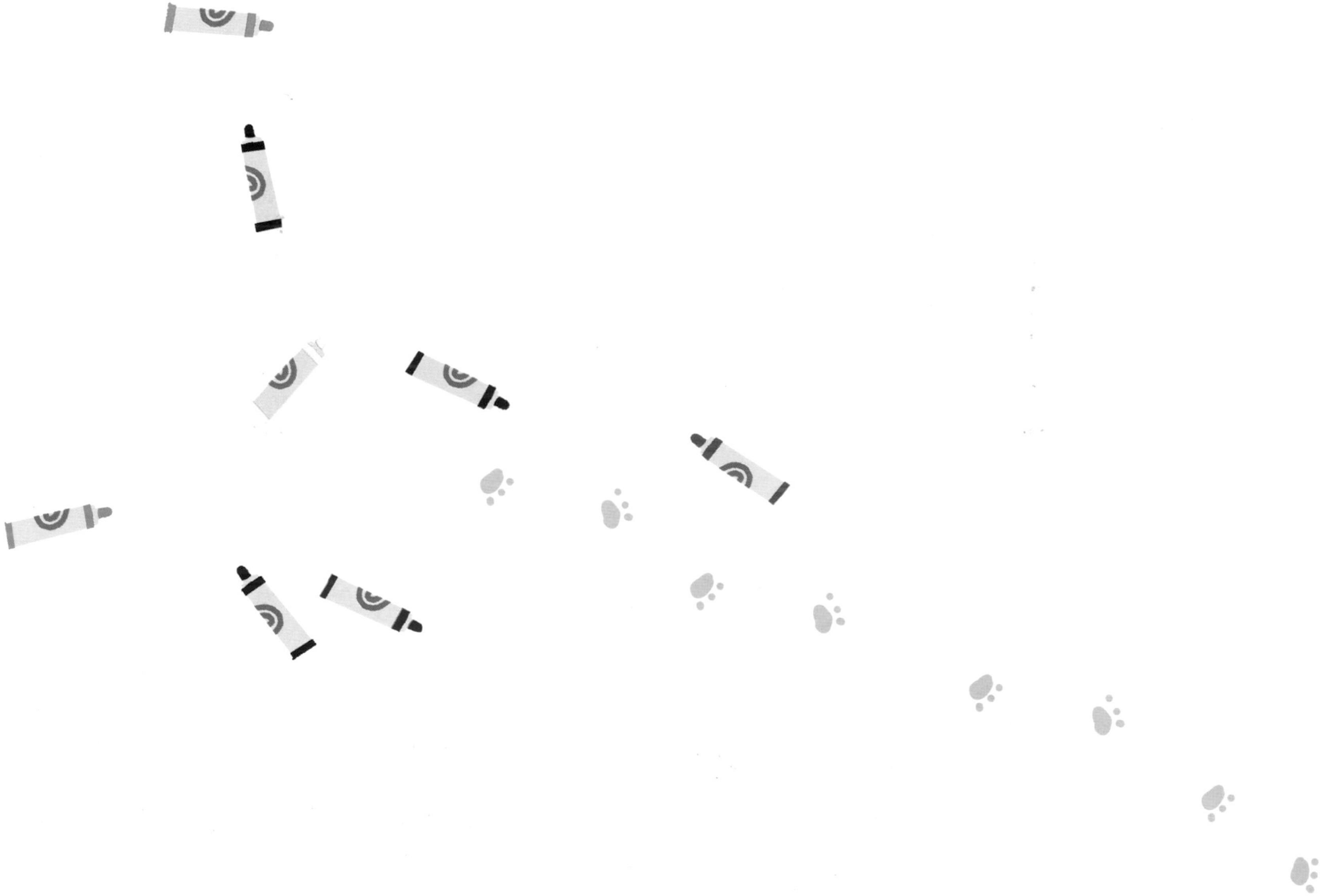